LOCUS

LOCUS

LOCUS

LOCUS

在時間裡，散步

walk

鯨向海

犄角

獻給
所有升出水面之犄角
我跟你們共用了
同一隻獸

〔目次〕

一頭通緝犯，十年犄角：致鯨向海們

不老的精怪

致細雨如煙蒂不斷飄降的年少

秋雲變換如狐仙的尾巴

有些鳥是從意志裡飛出來的

夢之遺物

我對你的愛能超然獨立嗎？

在雪地上留下彈孔

［序］

一頭通緝犯，十年犄角：致鯨向海們

「過去怎樣與那頭小鹿對望的下午
明日就長出怎樣的清晨之犄角吧」

通常第一本書，就像是初吻，真的都是一種舊日理想了。

為了紀念《通緝犯》，我的處男詩集，潛逃十年，絕版數年，我選取部分將之化約重組，與這十年來新寫或未發表的詩，新舊口吻交錯，對位纏繞如織物，嫁接繁殖如新品種，出版了這本詩集。

因此，嚴格來說，如果按照商禽那本《夢或者黎明及其他》奠定的體例，此詩集全名應該叫做《通緝犯及其犄角》才對（笑）。

犄角，除了是「動物的角」，也有「角落」的意思，是身（心）的邊境。《犄角》簡單來說是《通緝犯》十年來的一種延伸，一種突變。長出《犄角》，既有掩護《通緝犯》繼續偽裝害羞的不老精怪之用意；也可能因此原形畢露，使《通緝犯》的追捕在雪地上留下彈孔，反而更易被辨識分明。

「是啊他仍是一個詩人，堅強而深情
仙鬼的美德與非罹患不可的絕症
那些青春愛戀忽遠忽近
以為這樣的詩亦是犄角
他的深藏不露
卻屢次被當成了豬頭」

我的寫作真的是醫生所寫嗎？有時他們讀起來像是病人的作品。我當然也是有我的困惑與耽溺，害羞與傷心。我其實並不想從事，那種以權威口吻，提供大眾衛生教育一般的寫作。

「病」的概念是相對於「健康」。我以為「健康」是一種被建構出來的概念，類似「天堂」或「樂園」的概念一般。人怎麼可能真的完全健康呢，恐怕「追求絕對健康」這類想法才是一種疾病。既然病痛是人的自然狀態，我們就不應該逃避，不如以自己可以接受的方式，與缺陷殘疾和談吧。寫詩也是非常講究與內心醜惡坦然面對的；在那種時刻，象徵你的獨特性之犄角總是呼之欲出（既是面向永恆時的極限延伸之物，也是所有往上頂撞昇華的突出物），別因為恐懼某些強權宰制不准裸露，便跟著膽怯了。

在此冒著犄角被側目為「畸角」的風險，舉一個我的癖好來說好了。人們總習慣從「你」或「妳」「他」與「她」去投射自己的性別認同與偏見，我則更傾向於一種沒有明確性別，游移動蕩，可能「雙性」或「中性」或「無性」的詩。我認為任何一個詩人（創作者）在創作中都不該固定自己的性傾向，他應是開放性關係，隨時準備與任何人物談戀愛。因此我所傾訴的對象不是盡量隱藏性別，便是露骨地故佈疑陣，使一切更加曖昧；必要時甚至不惜變造第一人稱的性氣味以擴大詩意瀰漫籠罩的領域，如此，熟悉的自己也能被推向無限遙遠。故而我的寫作通常偏愛把男性與女性一律皆用「你」「他」稱代之，鮮少在作品裡強調「妳」「她」這樣性別限定的代名詞，更別說使用「娥」了。

為了追尋更魔魅，更有輻射效應的歌頌空間，這種堅持值不值得？到底是白目還是遠目？這就是那個難題（that is the question）了——一切還是得回歸我們是否知道自己在發出什麼微波，想接收什麼訊號。

「那是怎樣的龐然

隱隱約約

曾抵達

這個時代
靈魂閃著光
頭頂長出犄角來」

又譬如，我長久以來深切地感受到，眼下應該是小詩的盛世。網路很可能加速了小詩的進展。那些不確鑿鑽研過短詩的人也都不知不覺地寫著短詩。君不見臉書上四處可見塗鴉如詩，BBS上的精彩推文趣味睿智甚至勝於某些詩人寫的短詩。此時代的短詩競爭是激烈的，小詩跟寫詩歷練不一定有關，往往取決於靈光乍現之頓悟。小詩（或其集合）也能寫出雄偉感來，並非長詩就比較偉大。

我也一向偏愛短小的詩（這和我同時欣賞後勁綿長的詩意沒有衝突），總覺得能夠在詩中用略少的字數來傳達更多曖昧是比較聰明的。在這班雅明所謂沒有純粹的聲音、沒有固定的資源、沒有永存氛圍的都市文化裏面，小詩宛然是碎鑽與琥珀的存在。如果有辦法把詩寫更短，我是絕對不會故意寫長的。事實上，我所有的詩都懷著把他們寫得更短就好了的期盼。

「所以你整天都在寫詩嗎？」

「喔不，那樣我會詩盡人亡。」

我的現實生活，就是一個普通的醫生，像是所有的醫生一樣，嚴守醫學論文與教科書上的法則與規範，一絲不苟，不能隨便把病人的權益拿來開玩笑。可說在文學上，我雖企圖成為膽大的實驗者，坐在診間的我，卻非常保守老成。況且寫詩也不是想寫就寫的，寫詩的手感也有潮汐般的週期，所以我更珍惜每一次靈感降臨的機會，縱使長出犄角，變成世人眼中的怪物也不惜——畢竟，許多詩一旦錯過，皆是此生無法再寫出來的了。

加上我也不喜歡蓄意規劃主題的寫作，森然呆板地制訂犄角的漸層變化；我其實相信越無所用心無所事事越好，追隨著偶然歧生分岔的直覺，反而越能創造巧奪天工的嚴謹結構。因此只能平日多鍛練詩意的體質，以便隨時通靈（誤）。至少目前是如此啦，我的詩集好像從來都不是在計畫之中的。我並不是那種寫完了一本詩集就開始籌謀下一本詩集的強（迫）者。

「你不時撥開果皮，飲料吸好用力
突然暫停
假裝隨便問問
今天適合做愛嗎
此刻良心
對著整座森林發光
把犄角舉到頭頂」

儘管我難免被歸類為六年級詩人，卻時常懷疑每個世代真會共享同一種詩觀，或者每本詩集會必然遵守某種評論者想像中的整體秩序。我以為秩序是建立於個別寫詩者自我的風格之上，這麼多集體風潮與主義的龐然身軀搞不好都是虛幻的，驀然回首整座森林，真正存在的只有那根令人想入非非的犄角而已。持續地遊戲，持續地對詩充滿熱情，需要保持一些天真和叛逆；與其乖馴地被設定為某世代螢幕的基本布景，我確實更期望能夠不斷搞笑牴觸這種理所當然的衰老論述，冒犯挑釁那些被禁止的不堪意象和形式，成為永遠更新程式的獨角獸。

佛洛伊德曾說：「每個笑話都會募集自己的群眾，而為同一個笑話而笑是心理一致的明顯證據。」我很享受能夠和讀者彷彿心靈相通，為了同一個梗會心一笑那種趣味。那些梗也都是犄角吧，大家都想戳到對的人，「噢！ＹＥＳ！」戳到對方靈魂深處裡去。最唬人的狀態，大概就如同楊佳嫻形容的：「讀鯨向海的詩，有如不小心被變形金剛組合進去」（羞）。最不要臉的時候，於此詩國嚴寒時期的自嗨，應該這樣的：

「你真的帶來各式各樣層出不窮的溫暖耶」

「喔，我想是因為我有比較粗的燃料棒……」

我更且臉紅地癡心妄想自己的詩能夠保持恆溫。文學創作可以幫助創作者抵抗生存焦慮，猶如多數人以結婚生子來確定自己的基因可以延續一樣。每首詩都延續了寫詩者的生命，帶來不朽的幻覺。故而我的詩鮮少註明創作日期，希望他們能夠超越那些被創作出來的片刻，穿梭時空；在長久以後，這些詩若真的可讚，他們的精確時間將不再重要——所謂「羚羊掛角」，他們將變成渾然一體無跡可尋的作品，共同氤氳著，此起彼落噴勃著，某斷代活火山的氣息，而非侷限於某年某月某日單一靈感爆發之後的灰燼。

「獻給
所有升出水面之犄角
我跟你們共用了
同一隻獸」

波特萊爾表示：「要看透一個詩人的靈魂，就必須在他的作品中搜尋那些最常出現的詞。這樣的詞彙會透露出是什麼讓他心馳神往。」那些難以忽略經常反覆突出的詞語就是一種犄角吧，而他們可能都是源自於內心的同一隻獸。這真是所有寫詩者共通的祕密了。挺然翹然的犄角，固然可以是狎邪的，未嘗不能有十字架般的聖潔，端看我們怎麼高舉，怎麼低撫。

照說每個寫詩者都有機會凸顯出自己的犄角，但有時難免因為現實環境太虛胖臃腫了或前輩詩人們的毛髮太濃密了，暫時被壓抑住；須得等到更自得其樂（放棄某些獎項與名氣的汲汲營營），或真的有練過時（終於能判斷自己的優劣而非老是在意別人的看法），才能慢慢把犄角裸露。

從容自在亦是讀詩最好的條件。現代忙碌的生活，每個人都曾經被絕殺過，卻沒有人規定你從此就必須活得好像每天都被絕殺——讀詩就是使人冒出犄角的好方法，大霧之中，如吊橋，如天梯，讓我們的迷惘與偏遠的事物重新聯繫：網路與詩，精神醫學與詩，遊戲與詩……那麼多美好的犄角，詩一直就是我生命中那隻最大的獸。

《通緝犯》固然酷為第一本詩集，是我所有詩集的父執輩，但出詩集這種事情其實無法講究什麼長幼有序。事實上，我的詩集們，彼此間或許都有違背倫常的曖昧，他們皆是偷偷用關愛的眼神微妙的姿態，相互依賴形成犄角之勢的，而沒有什麼傳統的詩歌道德規範可言。總而言之，他們本身自成一種理想與秩序，共用著我，都是鯨向海們。

「所以你出道也十年了喔，偷鯨向海的賊。」

「是的。很高興你還在，我也還在。」

我們總有某個部分是肥胖的
這個沒人敢多吃的年代
你是豐滿得太寂寞了

我們的愛情就是這樣
慢慢吸取能量
成了不老的精怪

警鈴

黑暗
看上去
為何如此傷感
牆壁
為何這樣冰涼
這時代的突出物啊
本不應該碰觸，今夜
因為莫名被你按到
使我不至於
在靜寂中消失

嚴冬

1

夜色粗獷，礁岩俊朗
西裝被寒流所破解
溫泉使人自由，平等，
博愛
幾個哨兵般的挺胸
捍衛著
露出海面的孤獨
鬍子和肌肉
繼續在嚴冬革命

2

要是有一個吻可供安息
該多好
要是有人能
再擁抱一次多好
天氣冷得讓人想燒炭
活下去

致收藏者

你收藏我的憂愁如二手書
你收藏我的童稚如玩偶
你收藏我的眼神如琥珀寶石
你收藏我的詩句如違禁品
當花紋凋零
是你弄髒了我陶瓷般脆弱而古老的信念
當窗外大雪紛飛
是你又動搖了我內心玻璃球的永恆冬景

更年少時

1　更年少時

想起更年少時
早於這世界盛夏諸多壯碩幻想的慘澹之前
早於那果敢純潔的晨之海面未曾有過任何傾斜之前

我也曾經裸泳過啊

2 幹聲四起

有人去賞鯨有人賞鳥
有人在三溫暖相互欣賞
開上高速公路交換眼神
有人在黑暗中趕到下一個日出的地方
但是大家最後又全部碰面了
幹聲四起
於是回到起點重新鳴槍

3　男子情感的極限

那時候，是不是每個女孩都討厭
整天流汗的男孩？
總之暗戀過的人都不正面看我們一眼
公車站牌下互踩飲料罐
泳池畔並坐踢水曬太陽
那沒有一朵浪花凋萎的夏天
天使曾降臨少年的身體，有點害羞
器官急速膨脹，長出毛髮
沿著和所有人相反的方向走
當時氣力萬鈞跳殺過來的一顆排球
多年以後仍然無法接住——
最哀傷的莫過於，那些憂鬱
竟然會被我們度過了

4 沼澤

釉彩剝落
迷霧之中
青春的面容
滿佈落葉
啊你雖不美
卻可以製造美
那些霧般的傷害和美
溫柔的爛泥
無情的菌類
都是你愛過我的方式

熊熊

兩隻熊抱著
他們的冬眠期
毛茸茸的
冒著煙（掩面）
手心互捏，喔喔（幻想）
寒風吹過曠野的空景畫面……
聖誕老公公也是熊
（咦）
自己就是
對方想要的聖誕禮物
（大誤）

汗水淋漓的脂肪啊
（灰熊棕熊北極熊大雄鐵雄……）
層層相撲對峙
終於靠背靠腰（淚奔）
在一起的感動
（戳）
他們的吻與夢
不可兼得（菸）&（茶）
肌肉骨骼
凶猛起來
陽剛翻滾著（羞），金剛低吼著（跪）
未有雄偉的森林作掩護
卻有鮭魚迴游泉湧之蜜……
驚醒了
仍可感到

彼此大火
（灑花）
在清晨覆雪的市聲之中
窗外天色是迷霧散去的一陣神祕（囧）

千吻

在那些絕對清澈的時候
他前來了，他輕輕對我我我
無數的我一吻
每次都想緊緊留駐這個片刻
他始終沒有吻住我
而飛散了
每一個千吻的魂魄
帶著遺憾
去去親吻這個世間萬物的嘴唇

末日之戀

千里之外，兩台主機
無聲悄悄的連線
帝王般孤獨的青少年
靈魂發亮
投射在螢幕之上
閒晃的蛇，抖動的鳥
毫不遮掩的草葉
怦然多汁的果實
這世界被毀滅之前
依舊讓人感覺那麼害羞美好

在汽車旅館

我也曾經年輕，忠誠
若無其事抖腳，遙控電視
反覆打開冰箱
卻一罐都不取
像是生態保護區清晨的巡邏員
瞇眼窺視透明衛浴
歌聲迷霧溫泉暴漲
你嘩啦啦現出獸的原形

我躺在床上四腳朝天
僅剩一件內褲睡翻過去

你調整著浴巾，頭髮吹到亂了
突然暫停
假裝隨便問問
今天適合做愛嗎
我想這不是個問題
只要你躺在我身邊
（據說這就是瘟疫與核爆的原因）
害羞終將如飛碟遠去

極其溫柔的
我們也曾惻隱此世界
碰觸之處皆盡開花
沿海岸線
鯨豚也可對話
最後究竟會怎樣呢

雖然打呼，放屁，過敏
火山灰橫越了數千里
但因為知道彼此
美好之處

你不時撥開果皮，飲料吸好用力
突然暫停
假裝隨便問問
今天適合做愛嗎
此刻良心
對著整座森林發光
把椅角舉到頭頂
我想這不是個問題
天使歪斜了

冰山融化了
距離末日
我們還相愛著

濃烈瞬間

你是光影很淡的那種清晨　你說你的浪花不擅言詞
就這樣與每座島嶼維持著禮貌性情誼

一切都是淡淡的　你的體味淡淡的你的鬢角
淡淡的你的手機螢幕淡淡的你的十四行詩淡淡的

當世界離我越來越遠　連天使都心力交瘁
是你無緣故微笑了起來　抵抗地震防海嘯穿越輻射雲
如此濃烈地拯救了我

衛浴地帶

1

我深愛黑暗中
發光的父親
我也愛你
父親是滂沱衛浴中的大堤
阻止那些洪流
與浪濤坦誠相對
保護著你，我多年夢見的裸體

2

棲息在城市尖頂
坐在馬桶上面看星星
於那麼卑微的所在
發出簡訊
仍想對星星友善
整座地球同感哀傷

3

不斷沖昏頭的水龍底下
狂風暴雨的馬桶正中央
孤獨的夜呵
靈魂的土石流
愛情的海水倒灌
獻給
所有升出水面之犄角
我跟你們共用了
同一隻獸

確定

無神論者如我
此刻已向善
玻璃純淨，草葉輝煌
一整天都在寫一首〈確定〉的詩
越寫越不確定
確定那是同一顆星？
確定今日變老？
確定有人正在相遇，正被觸擊？
確定終被通知？
頭頂暗雲，我的詩神

無雷，無閃光
仍然俊美魔幻，總是
時光湍急，斗篷底露出的霧氣
微弱，什麼都不能確定的時候
於兩輛捷運宿命交錯的窗口，為我
確定了你。

吶喊直到盛開

眾人竊笑之中我們承認閃光
是無人知曉的星星
我們承認親吻是雲雨
不能縮的祕密
那些寂寞的，罵髒話的
青春會一再地暴走
共通之引擎啊共同的核廢料

誰不曾激動地希望這噴泉就是永遠
這冰淇淋就是永遠呢
一生卻僅有一次因為戳到那個梗而吶喊
而為彼此完全地盛開

龍舟練習

突然被通知的龍舟練習
感覺到體內
一道道激動的航線
1、2，1、2 喊得好大聲
唯有豔陽下
為彼此赤裸上半身
眼神盤旋著迷你颱風
從小短褲裡
釋放出來的盛夏
輕快威猛

原地兜轉好幾圈
手痠是微微的了
幾次險些破浪沉船
不敢問你感想
漣漪陣陣
無法到達的
一種雄壯的遠方
唯有繼續以槳互打、噴水
我們永恆歡樂的龍舟練習

最初夏天的海邊

沙灘上面礁岩底下
一個洞和另個洞之間，忽有浪花
攤開古銅色的胸膛
沒有機場也可降落
沒有汽笛聲，也游來大魚
鬆掉褲帶
在最初夏天的海邊
喜歡誘騙青春的感覺
鳥的閃躲，風的輕吻，眼神的震盪啊啊
真的很喜歡騙他們
全部交出來

不肯把泳褲與海岸線交出

全球的溫度繼續上升
到處移動的浪切面
迷霧中
各類輝煌坦誠
只圍一條浴巾
宣示愛此島嶼的人
陸續起身離去
宣示愛我的
則幾乎沒有

黃昏的海上
那些火光，終究不是任何人的轟炸

我的戰爭大概不會來了
傷心的魚鳥
用深情的斷崖試煉
用翻湧的胸膛掩護
大雨落下
接吻，也接淚
那是怎樣的神啊
怎樣沒人愛的一種孤寂
不肯把泳褲與海岸線交出

我照例與你擁抱道別

做完運動
落日鎔金
混身發燙
無汗無臭的暮雲
淡淡相擁
橫越整座中央山脈
為了與你的心臟碰撞
流星無法親吻

暴雪靜默溫馴
那隻鳥在發抖：
愛的幻覺

是獨裁者

我可以

淡淡的哀傷，水泥未乾我可以
像一個吻從峭壁反彈回來
隱藏飛鳥的性向我可以
褲管深處坦露的刺青發光的腳趾我可以
在汗水中孤獨工作的怪手我也可以
為了抵抗那些落雪
比較粗的燃料棒我真的可以
浮雲似的懸念
向後屈體半周轉體一周半我可以
向內翻騰兩周半反身翻騰三周半我也可以

掠過那些黑暗底的警示，煙花般的死
而今世上最沒有殺傷力的毛毛雨也可以
使你受傷
我卻不可以
我不可以

約會

為什麼我們沒有大笑呢
在這美好的秋日夜晚
於此城最輝煌的餐館
廝守著頂級菜色
一邊迂迴地談論愛情
彷彿分享科幻情節
為了節省地球資源
我們珍惜當下的方式
就是徹底
放棄了彼此

熊形

發出低吼
未曾向歲月求饒
以一身壯麗的肌肉
對你有心也有詩意
有胸毛也有鬍鬚
卻只能任憑裝死
共度一個夏天
那時鮭魚還很多
蜂蜜也很甜，那時
忽然大家都不再說話了
任憑誤入叢林
孤獨打扮成一頭麋鹿

歲月不饒
被自己的凶猛咬死
以一身壯麗的肌肉
湍急奔流，魂飛魄散
發出低吼：
當愛已不成人形
可曾饒一頭熊？

童子軍之夜

是夜，引來濃厚的雲層
引來一個片刻接著一個片刻
烈火映照之間，斷木般沉默著
我想你說的是對的
我是個善良的人

是夜，使花葉更茂密，使蟲鳴更迭盪
多麼容易啊，在森林之中翻滾我們自己
對著迷霧裡的幽靈傻笑
敞開全部帳棚

化作同音頻的喘息，同一閃眼光
是夜，是輕拭汗水的手指，猶豫地縮回
是你在我身邊坦然地熟睡

月色旗幟鐵鍬營釘季節之空保特瓶
掩護卻無法掩飾的，是夜
是我的恐怖箱裡，竟什麼幻術都沒有
除了我自己，是夜
是恐怖的黑箱
泯滅繁星，一無所有

什麼都沒有了
隱沒的湖沼，天使偶然相擁的睏倦
就在是夜，青春健壯的純色小獸
如一陣氣味

永遠奔入了我的心中

我想你說的是對的
我是個恐怖的人，我善良的人生
是夜，不能是別的。

最好的葬禮

有一天你抱著我
我就會飛起來了
雨水是甜美的
是最好的葬禮
一部份滴中你的臉頰
另一部份打濕我肩膀
於是我們都滿意了
所有人都走了
那千百朵蓮花，開在我身上
一滴淚垂掛你心中
連密佈盤旋在頭頂的那些夜晚
他們發光的卵

也都滿意了
我們將重新被生出來
病好了，工作也找到了
緩緩轉過臉去
不敢看的
是一個像我這樣的男孩，或像你這樣的
瀰漫汗臭，沾滿沙粒的生命
沿夢境不斷翻滾
黑漆漆的沒有人陪伴
時間的大海，白色小浪的擺設
猶如靈堂般潔淨
也許什麼真的什麼都沒有
這就是最好的葬禮。

致細雨如煙蒂不斷飄降的年少：

路上街車來往低頭無語，我就在你面前，瞬間老了幾歲

我們曾是同樣形狀的胚胎
只是你在美麗
我在畸形

單身男子鍵結

這封信寫給天使
這封信轉寄魔鬼

我輩人數眾多
皆在魂飛魄散途中

歲末天氣偽暖
臟器溫度低落

鍵盤結霜敲不住
人間 Email 多病毒

連夜大汗
脫去了數件衣冠禽獸

今晨陽光
照亮手心凍瘡

且看二千里外
我呵暖一首覆雪之詩

如何壓彎你窗前的松枝

溪水沿線冬日森林

樹葉等不到任何人
飄下來

魔術的純風聲
動物們相擁死了
泥濘裡的花瓣
繼續改變顏色

輕輕鬆開了年輪
霧消失在河的對岸
一群冬螢
熄了光

滲入枯枝的低溫
在草叢裡窸窸窣窣

黑暗中那些稀薄的山稜線
完成了
賞雪準備

一貫性

坐擁群書之巔，多少時間風化了
我在獻唱，我在裹屍
一種浪的聲音，忽遠忽近的人影
生命的風雪來了，美麗之重擊
Email 被拆開，總有些廣闊的場地是
什麼人也沒有，光在其中粉碎
春天的夢想全失，開著敷衍的花束
無法饒恕之和諧，許多的愛恨來不及結束
命運就這麼延續了，顯得冗長
我在城市的土石流中，我的耐性一再被沖刷
有人感到悲哀卻不動聲色，撐起了傘
從某種程度之上，雙鬢斑白

然後斷裂開來，露出
草原上的野馬群，正湧向中年的大後方
夢境在枕頭上，枯萎了一陣
抬起頭來重新振作精神以便繼續，連哭三場
必然要奔赴之前程，一設定不能死心的鐘擺
陰沉沉的人海消失了，大街上一個憤怒的青年
從身體出走，鋒利的思想成為武器

舔舐從自己傷口上滴下的血
我在此其中，我察覺了某種一貫性

洪流

幫一條河拍照
把那隻水鳥留下來
有很多事情值得紀念
在來不及回頭看的時候
那座橋已經斷了

路過陰暗的電影院
問候外星人和恐怖份子
重新點燃床前消瘦的蠟燭
雲夢大澤溢出窗外
淹沒這個城市
穿越層層犯罪與行善的堤防

我們被迫習慣那些災難

胸前寂寞的峰頂
彷彿又升高了幾吋
霧太大了
伸出手
在酗酒的街道上
感受這島嶼的熱
這熱帶的冷
昨天的雲已經變成了雪
一個美好的時代
就這麼反向而去了

誰也沒有注意的時刻
整個城市已經進入冬眠

但時間是睡不著的
在細雨紛紛的地下道
每條水溝豎滿了霉菌的耳朵
聽著每一輛車子的心跳聲

永無止境的環島旅行

那時候想要的東西
通通踩在腳底下
我們想著，所謂幸福
也不過就是這樣吧

沿著海岸隨手盜取
一片最美的風景
騎到一個拐彎處
就跳下來，倚著山岩

像伊索寓言裡兩個旅人
共寫一首詩
冬天要防止寒流
讓我們的腳踏車抽筋
夏天避免中暑
整座海岸倒在我們身上

車後掛著昨晚濕掉的內褲
臉上有拓下來的唇印
愛情不說一語
進入了嚴謹與絕美的架構
你知道嗎，戀愛的詩人有很多種
最厲害的就是
不寫詩的那一個流派

這時候
雨嚴肅地下在我們的鏡片上
前方起了大霧
但是親愛的
這時代本該一無所懼
才能繼續存活

彷彿神仙踏雪
在海拔三千公尺的攤販前停下來
共吃著一碗100元，沒有達到沸點的泡麵
那時，松雪樓外
有鮮紅色的朱雀
我們蹲下來堆雪
小旅社裡
水龍頭都結冰了

我們也不能再任性地寫完詩
就流淚

那是一生最寒冷
卻最溫暖的記憶
我們兩人三腳緊緊裹在五層毛襪裡
雪意從腳底不斷滲進了體內那個永恆家園
遠方一群學者
喝茶吃鬆餅在大禮堂討論
台灣島史
我們散步在這多風雪的地方
防範輪狀病毒的侵害
坐火車離開了春天
坐船離開了午後咖啡店外的雷陣雨
在風頂放開了手

開始往下滑落
像兩片勇敢的落葉

就在那年的南橫
兩顆心一起攀上了啞口，那記憶的公路所能蛇行過
海拔最高的地方
從此我們不再說話
整個秋天
一大片壯麗的風景
頹萎在彼此心裡

前方還有一個險降坡，
兩個落石區
那個瘋狂迷戀你的我
在那年多風的山道上

騎著 21 段變速的腳踏車
從沒有回來過
而你
還坐在那山道上嗎？

愛斯基摩人

點亮海豹油燈
我又回到這小屋
對薄薄的寒壁哼歌
發顫的遊客在外觀望
怎能知道
這裡的孤獨其實很溫暖

我的一票投入光影之隙

1

多足的台北街頭
風景默默以動
我也在其中

我也蠕動著，也掙扎
開始茂盛了臉上的鬍根
又能怎樣
有人在耕種民主這嘆詞，譬如
啊民主
整個下午霧來了，雪也從心裡飄起來

選戰的人馬猶豫在渡口

譬如
民主啊
我也在其中
……

沒有耳朵的盆地深處
我們什麼訊息也收不到

2

布幕升起的一刻
我們為誰顫慄
最好的時光，最壞的時候
……
億萬年前發出了訊號，智者如星

欲滅還明。一群走索的和絃，危危顫顫
要攀附誰的主旋律？
一個接著一個熟悉的節奏過去
歧異陌生的發聲器
是我頑固的低音

3

如果你不能馴服我
就請不要給我機會

我們是冰冷島嶼上生病的羊
沿著風雪的危牆，集體磨蹭
直到歲月變得薄稀

如果你不夠狠心
就請不要屠殺我……

很遠的地方

晨光從很遠的地方
前來探訪我們的臉

酒紅色候鳥棲身過的林蔭
漸漸變成灰燼

那些不再流動的河
青苔露出堅毅表情

蘆葦過濾了風聲
這個山谷已經很久沒有回音

走出時間的野鹿們
低頭嚼我們的鬍子

黃昏瞇成一線
枯樹釋放最後一片落葉

夢見了冬天的神祇

今天寫了一首詩

朋友請我多寫幾首詩
好讓他們培養氣質
最好要加上註釋
我笑了笑，臉都紅了

寒流來了
朋友說今年怎麼沒有秋天冬天就來了
他問我可不可以寫一首詩
我說：「就是寒流來啦。」
我的朋友說這也是詩嗎

朋友看我今天沒刮鬍子

他說這就是藝術家的特質
她說我長得一點也不像詩人
喔，那詩人該長什麼樣子呢

朋友知道我得獎了
很努力地看著校刊上的得獎作品
他問我在寫什麼
為什麼都看不懂呢
我說就像你球打得比我好
電動玩具懂得比我多
我也不知道為什麼呢

我喜歡我的朋友
寫詩的時候他們會圍過來
我說

在寫詩呢
他們睜大了眼睛
寫詩啊，那等一下再來找你吧
就匆匆避開了

我有點羞愧
但是我低下頭
又繼續寫我的詩了

那時，風聲散落在村莊與小橋之間
秋雲變換如狐仙的尾巴

我也就是這麼一副模樣
以男子的血肉在此
抵抗衰老
不時幻想有什麼龐然的隱藏……

怎麼說呢
我想我還對人生充滿了想像

狐仙

——我是一隻秋日的狐仙，帶著騷味來到這城市，尋找我們的聊齋。

我在你背後已經走了很久了
紅綠燈，廢棄鐵道，新公園
沿著你的頸脊隆凸
走走又停停
沒什麼刀光劍影的豪氣
停下來像一隻柔弱的粉紅無嘴貓
走的時候可口可樂的沁涼從吸管往上爬

你坐在車上

我就坐在車窗外，變成風景
想起很多年前
這城市還有革命軍的時候
你脫下外衣和這個世界戰鬥
我是你的女人乘坐在馬上

唯一的座位現在落在捷運車站
之前坐過的是誰之後又是誰來坐？
愛情不過就是光鮮的男人走到我面前
內心深處泥濘不堪
強壯的女人走到我面前
逼我起身讓位
我是失去耳朵的畫家筆下

那些向日葵，不斷吶喊
但不會說話

大風起兮，把綿長的歲月吹離了軌道
我們的座位距離太遠
一顆真心在車輪下不堪地滾動
時間到了
整個事件被擦亮打光
有人站起來讓出肉體的位置
慾望臃腫無比
用來愛你的幾百年道行竟像污點一般
揮之不去了
車窗外面的風景是黑暗的咒語

我在其中哭泣
地板上濕漉漉
剛剛下過一種思想

車子靠站
湧進狩獵的人群
胸毛參差蔓延，乳溝土石流動
誰的祕密基地又被惡意踐踏
鏡片之後的兩處極地冰冷且遙遠
腋下的工業污染
汗臭味流過整個城市的性感帶
有人趁亂更換了愛的性別
抓我的道士到底是男是女？

巨大的秋天背後
曾經露出我的狐狸尾巴
手機一響，你全都忘記了
你名牌背包上的英文字
魔咒般鎮壓著我的修行
你親吻哈日女子
CK 內褲裡高舉著法式勃起
我不知道
不知道自己身在哪裡
整個網路 download 著我的狐臭和傳奇
這個社會要求一隻妖精
也要放棄智慧財產權嗎？

但我不能憤而斷尾
我是一隻狐仙

我只能回到我的巢穴
打開了傷口
那裡的天空烏雲密佈
百年來的瘀青成群倒掛在角落
月光如利爪的時刻
我是光滑著，沒有一片枯葉可穿的女子
在無限纏繞的街道裡
變成了一輛滑板車
我在你的耳道裡，胳肢窩下
迷路好久了

你就騎在我的上面
你還在跟誰戰鬥呢
整個世界早已戰至
你跟我
最後一兵一卒

舊相片

在傾圮的月台
不斷回顧
你趴在那節永遠廢棄的車廂上
落日正撼動人心
冷霧的鐵軌往前伸展
泛黃的感覺
彷彿火車仍將開動
被黃昏截斷的一座鐵橋下
時間繼續往前奔流
是我們用意志抵抗了
按下快門的那一瞬間

背給你聽。月光經

觀自在菩薩，行深般若波羅蜜多時
黃昏來襲
每個人都有一隻蝙蝠
飛出身體
我帝王般的讀者
在詩裡登基吧
揭諦揭諦波羅揭諦
波羅僧揭諦菩提薩婆訶

逼近窗外
生命中最冷的荒原
忽明忽暗，看見你血性剛烈

阿彌陀佛色金軀
沿著黑夜的靜脈
不斷向上
揭諦揭諦波羅揭諦
波羅僧揭諦菩提薩婆訶

大霧中枯坐床沿的千萬說法
是戒掉你這一晚的五官
戒掉你的血肉
揭諦揭諦波羅揭諦
波羅僧揭諦菩提薩婆訶

如是等一切凡界
諸佛神尊常在世
回首望去三十路大軍

沒有永遠高舉的手勢
沒有不敗的胸膛
一切已是霧中
手肘齊胸
說不出來的粉碎
揭諦揭諦波羅揭諦
波羅僧揭諦菩提薩婆訶

火中化佛無數億，四十八願度眾生
諦聽！諦聽！
荷葉們伸進露水裡
千萬山僧沉靜的思緒
漸漸被挽起
月光蟲鳴
都在我們忘記了的那些詩句上，羽化飛升

揭諦揭諦波羅揭諦
波羅僧揭諦菩提薩婆訶

諦聽！諦聽！
是誰鼓聲而來
群鬼在枯塚裡張開喉嚨
我可以給你的
遠比你想像的更加凶劇
只因心中已經有了詩的形
今樂生極樂世界，阿彌陀佛
更好的詩之形
唯願世尊教我思惟

諦聽！諦聽！
四千層的歌聲

八百公里的深淵
秋天落葉繽紛的經文裡
我在你面前
不斷犯錯
諦聽！諦聽！
南無歡喜藏摩尼寶積佛
南無摩尼幢燈光佛
南無慧炬照佛
南無海德光明佛
南無金剛牢強普散金光佛
揭諦揭諦波羅揭諦
波羅僧揭諦菩提薩婆訶

永無止境的地下鐵
腦中一萬伏特的詩句等待降生

電氣洶湧南無一切世間樂見上大精進佛
諦聽！諦聽！
數千年前的某一天
南無西方極樂世界
是你在其中
遞給我一隻溫暖的手心
揭諦揭諦
波羅揭諦
波羅僧揭諦
菩提薩婆訶
那已經死去的部分
竟然還有吶喊

諦聽！諦聽！

鶇

那時
你是一隻鳥
飛過我的文明

馬路上，綻放著花朵
花朵下就是
煉獄

連神都不肯
俯身
觸我

你怎麼會來到了這裡
怎麼讓我看見
像一個使者

在這失去海拔的城市
你在雲端盤旋
叫我又憶起了絕頂

浮生

我們重新相遇之時
已是在一望無際的海灘
有人說海洋是沒有回憶的

我卻隱隱還記得
像你這樣的一個人
那些濕過冷過的
時間烘乾不了的往事
即使大多是痛苦的
唯希望是人間至善
美好的事物皆將化為灰燼
我們所冀盼的

凌駕那些華麗之上
陽光灑在肩頭
我們舒展如一本久未打開的詩集
生命終究太絢麗了
沒有一個詩句可以將它籠罩
希望，人間最後之芒
當所有的潮聲都遠去
只剩下我們垂老之軀
終於又相遇在這無邊的湛藍

原來海洋不是沒有回憶
它只是太過於巨大了

在健身房

我們已經決鬥過了
在健身房
鹹濕的汗水
如炸藥毀壞一切
重新拼湊堆疊
我的靈魂我的肉體
城市方圓百里的戰火裡
這是唯一的磐石和迫擊砲
在優雅的滑雪跑步機上踢正步
彷彿千萬里路
才起跑也就是終點了
彈性地板上的集體遊行

恰巧有一聲喘氣是來自我的身體
在按摩浴缸中裸裎相對
朋友，我其實從未認識過你
我是這樣的一個會員
在一個時代輝煌的晚風中
專注於
胸腹肌理的造山運動
走出健身房
剛剛被清洗過的肉身
繼續有風雨聲排闥而至
疲憊與孤寂
就這麼一天天壯大起來

靜物

光安歇了，變成了影子
策馬經過的人安歇了，變成了傳奇
隆冬安歇了，千山萬水在大雪中歸零
不明飛行物體迷航了，在夢的切線方向被遺棄
瞳孔深處的靈魂被改造虛擬了
人影幢幢在信紙上的小方格裡交錯度日
見過面之後，雨季就這樣斷斷續續
我們還聯絡著
變成了靜物

入秋

入秋以後
夢變成一個需要腳程與裝備
才能到達的地方
夜晚是一座危橋
風雨中有暴漲的寂寞
沿途的樹葉已經轉黃
純真到老邁的小路
層巒疊嶂耗費體力
來回總共要花去多少哀傷與喜樂？
天候變化
林間蜂蝶時起
一片落葉的迷濛之美

卻更叫人難忘
有人栽種著香菇、玉米
有人狩獵巨霧
在日夜溫差最大的時刻
有人的姿色更甚一個春季
有人越走越深
需要多攜些衣物
備水及乾糧
有人卻只是需要一雙好走的鞋

踏過雪線的臨界
冬天是一個沒有聲音的所在
有人終於忘了那些季節變換
靜靜加入
壯觀的神木群

我能是什麼人呢？
一覺醒來
我能置身什麼其他的國家呢？

山裡面，巨靈們十分安靜……

有些鳥
是從意志裡飛出來的

餵給霧

坐臥山中
我又成為一隻鳥
這次是寒鴉
還是佛法僧？

落葉在掉落中途
成為經書
眼前的湖水
深邃之缽
天空割斷陽光
餵給霧

億萬個夏季焚燒而過
沒有一種蟬鳴是我的說法
我只是靜

一星期沒換水的夢境

又湧起了這麼多意志
一頭大翅鯨融解在海裡
魚骨巨大斑駁
颼颼還在向前游去

雨使這個城市的線條起了變化

雨使這個城市的線條起了變化
我不再動用那麼多字句
撐傘到浪漫的地方去

尋找相愛的原因。
關於在旱季我們沖涼，
吃飯，睡覺，隱隱作痛
用剩餘的時間做愛
關於陽具形狀的冷氣機
高級再生紙的燈罩
一瓶葡萄酒在床上枯萎了
有人不經意又化成一隻蝴蝶

停在電腦深處
等夜躍窗而去。
最純淨的一道光線在身上游移
那一瞬間終於感到榮耀，關懷，熱氣
藍色矢車菊的牙刷
軍艦鳥一般飛行的馬桶
報紙上的消息卻依然是壞的
當有人不小心又伸手攪動黎明

陽光停了。
枯坐有瑕疵的餐具之間
進食者思維難以潔淨
我們的時代充滿了擺設
陷溺海溝裡的屋子

家具洋流其中，漩渦其中
人生是一大片浮油，面無表情在海嘯之上

寂寞將一切污染。
什麼樣的沙發椅失去了感傷
什麼樣的電視機失去性慾
然後襪子來了，西裝來了
手機掃射這個城市
冰箱裡盡是死去的企鵝
在時間的北極
有人的笑話總是
太冷太冷
太冷太冷
霧氣撩人的床單

灰喉山椒鳥的領帶
有人始終無法長出翅膀
然而我們也曾經飛過
被擲成同樣點數

下注過同一片天空。
在吻別之前，不再動用那麼多字句
整張臉瞬間被捻熄
腐爛，渙散，方圓百里的黑暗
又得出門去

離開困居的城市

一整天在河邊
穿著泳褲
和你共渡
一種流線的思想
抬著獨木舟行走
沙灘餵養我們的腳趾
我們像是另外一種人
一種古老的族裔
把一座山讓給每一道溪流
一粒花粉分給每一陣風

此處距桃花源兩千萬公里

我們是整個城中一行落英繽紛
被踩出來
企圖消失的足印

梅雨詩籤

1

黃梅子把雨一根根插起來
展示以憂鬱為劍山的達達主義

2

無聲遊走的傘陣在霧中攪動
雨季的孤單

3

拖鞋出門一趟，蘸滿了詩
黴菌們在鞋櫃裡無性生殖幽暗的詩集

4

打開故障的電視
卓別林在天空要求烏雲入戲

5

宜在車窗上書寫名字
身陷這個人獸界線易被沖毀的島嶼

6

從棉被的深層轉進最乾燥的夢境
一路上被超速的神鬼濺得滿身髒話

7

擰不乾的屋簷
沿著老祖母的風濕關節滴水

8

坐在紅血球上一組生化機轉途中，賞雨
遠遠漂來一疊呼吸困難的成績單

9

陽光全面腐敗的日子
技巧地避開那些引起雷電的情緒

10

數量龐大的水桶一起進水
叫做資本主義的集體墮落

11

不要再責備哭泣的氣象播報員
真正的感傷在頭頂三尺以上

12

天橋上乞討的人赤裸身軀
銅幣默默沉入盆地的陰冷

13

某些銷售量特別低的零嘴
在量販店的角落自己吞食自己

14

只有著火的愛情在旅行車內
期望整晚都這麼潮濕

15

詩人閣下：這城市的水滴
不曾因你的哀愁增加體積

16

山霧深深，帝雉出巡的行伍中
每一步雨聲都氣宇軒昂

17

已經有17則冒雨發表的政見
歡迎不撐傘的激辯

大水

1

幾十年來最迷你的颱風，最巨量的雨
我們南下之後
被困在一棟孤單的旅館
橋下的水流到橋上
摩托車上的人被沖到泥濘下
海水倒灌入我們的身體
我們躺在床上
穿泳褲戴著蛙鏡睡著了
明天不知道會在哪一個港口醒來

2

我們躺在床上
讀著濕爛的詩集
練習一些陽光燦爛的想像
新聞報導翻來覆去
中風的抽水站，被吹走的電
落石般的嘆息，天色轉黯的政府
一條河創下他的二十年回歸期滿水位記錄
除了讀詩我們還能怎樣呢

3

我們出動皮筏
在深達一層樓的憂傷裡四處漂流
無論老還是病
都已經濕透
我們專注於垃圾滿佈的水面
快速地從眼前流逝
比時間本身更快

4

劫難之後
所有的人都齊聚到海邊來看海
海風在巨浪中超渡鬼魅
有人想著魚
有人是魚的本身
海的眼神相當傷人
我們在海邊搜尋屍塊
沙堆中坐滿斷頭的煙蒂

致你們的父親

父親，我可以對你坦白嗎？
我是G的。
我和你有多少分相像？
你也是G的嗎？
如果有一天我也愛上一個像你的男人
你能夠原諒我嗎？
受困苔蘚蔓生的城市
從健身房浪跡到游泳池的旅程
眼神交換之際
突然綻放的肉體
我如何保持安靜
「我愛你」

絕非埋葬在兩人間的私事
怎樣的愛人在我後面？
怎樣的愛人願意來到我的下面？
你不想知道嗎？我是你的兒子
也是戰火中的同志
第一次，請讓我
如是活著
青春到了最鮮豔處
隨時可能蒸散
父親，我可以對你坦白嗎？
前方風雨仍無止盡
愛我的男人都來了
渾身濕透，像你
仔細擦乾我的身體

致好兄弟

吃完晚餐，到墳場去散步
突然想起，很久沒給你走路的模樣寫詩評
兄弟，鬼月到了你又剛好是鬼
我想問問
今年該燒什麼給你？
嬰靈金，夫妻恩愛金，六畜興旺金
你在那裡會缺一隻手機嗎？
但請不要打電話給我
鬼月到了你又剛好是鬼
荒野的山溝裡，妖怪們會喜歡你陰風慘慘的鼻音
你要我燒一輛野狼 125 給你嗎？
還是幾款勞斯萊斯和 Benz？

你的靈魂浪漫又努力，即使已經死了
還是繼續在北宜公路攔車打屁
你要我燒一隻麥克風給你嗎？
或者燒掉整座ＫＴＶ包廂？
我想起是鬼月了你又剛好是鬼
聽鬼唱歌就是城市自行移動
恐龍和異形手牽手走出電影院
最好的詩都在電腦當機時全部銷毀
你要我燒一份西門町給你嗎？
順便燒個一萬人的握手會？
鬼月到了你又剛好是鬼
我想像你捧著自己流血的頭，腳趾離地三公尺
忙碌簽名的模樣
感動地流下了青綠色的眼淚
鬼月到了你又剛好是鬼

今年該燒什麼給你？
原諒我沒有屈原深情的喉音
幾千年後隔江繼續呼喊水流雲散的幽魂
夏宇神祕的腹語術已經穿牆而過
這時代有再也不能舉行的降靈會
我不過是一名寫詩者，八字極輕
節奏注定苦澀，一路走來韻腳酸痛不已
好兄弟啊，請保佑我寫完詩
百毒不侵，全身而退
鬼月到了你又剛好是鬼
我想問問
今年該燒什麼給你？

不堪的惡夢中，原諒我

始終無法跟你一起
下地獄

致未來人們的祝禱書

未來的子孫啊
在此已享用完一切，即將要老去的前夕
我們誠摯地祝福你們，在幾十或幾百年後
終於能夠長出翅膀
增加兩個肺，三個儲存食物的胃
可以飛到我們無法到達的遠方
月球，金星，冥王星或者銀河深處
隨便一個地方都好
到陌生的星系去再生我們的都城

我們希望你們能夠像魚族

順利移居海底，流線型的骨骼
覆滿鱗片的身體，在海浪底下行走
輕巧地將性器藏到腹腔裡
對於不斷湧入瞳孔的洋流
擁有新的感受力
永不再返回傷心的陸地

我們甚至期待你們變成機器人
不畏懼強光，也不怕極熱
可以計算自己的心智，修改自己的情感
按照季節上網 download 最流行的肌肉和乳房尺寸
不再被霸道的私念，凶猛的慾望所欺
因為，即使是變成了銅筋鐵骨
還是有那麼多痛苦必須承受
在時間的神祇面前

沒有一種罪刑會被輕易赦免

請隨意複製你們自己吧
用三萬多個基因組的工程，盡情更新衰老的肉體
你們要面臨的廢墟和荒蕪太巨大了
請務必汰舊換新自己的頭顱
沒有一種大腦可以負載
如是哀愁的靈魂

而我們，這些邪惡的先祖
死去很久很久了之後
對於生前創下的罪與自以為是的功德
請容我們在地獄裡默默承受
祝福你們氣力無窮
可以鎮住那一場場滅世的核爆

祝福你們可以縮小身體
挪出空間
存放那些核廢料

通緝犯

那些傳說中
讓人善良與美貌的詩句
那些用偷來的幻想
創造出來的地鐵與酒館
現在被張貼在佈告欄上

被人家知道名字了
被人家知道一顆心
長什麼樣子
不能再正大光明迷路
不能隨意大小便了

青春在一條春天的浴巾掉落之後
咻咻膨脹起來
「從此要飲酒作樂嗎？先生？」
麵包啃掉一半之後
愛情難以啟齒
飛天掃帚偷跑了
再也不回來

死亡的意象相當煩人
麻煩你們了
在一旁執手鐐腳銬苦候的鬼差
每次上吊的姿勢擺好之後
又反悔了

走過街頭

陽光浮起整座都城
孤獨的主題
那年秋天的動機
已經變成落葉
什麼也沒做
就老了

不可能更好了
一點點出名的感傷
到處都是時間的糾察隊

那些末日早晨的陽台上
每一個意象都在重新學飛
這個城市是懼高的
而我們的孤寂築巢在懸崖

鳥群飛走，溪流乾涸
所有的翻身越嶺
一點點噴泉的感傷
青春無敵時代獨有的抒情方式
皆無可挽回
變成了夢之遺物

我們就去莫斯科

我們就去莫斯科
莫斯科有人跛腳，有人跳舞
從柏林去莫斯科，從綠島去莫斯科
火車抵達時我們正要去莫斯科
飛機起飛時我們正要去莫斯科
我們是旅行團，他們是偷渡客
大家一起去莫斯科
晚上的郊外的莫斯科？
諾夫的波娃的夫斯基的莫斯科？
莫斯科兩億年前有沒有莫斯科食肉龍？
莫斯科三萬年後又落在哪個星球上？
電影蒙太奇的就是莫斯科嗎？

氣象圖上的純白色就是莫斯科啊
那我們就去莫斯科
什麼！這裡就是莫斯科？
那我們就去莫斯科。

蚊子

你說你夢見一隻蚊子熱烈地親吻你時，你感到疼痛，所以想把他撵走，沒想到你卻不小心殺死了他，你尖叫著：「我就這樣殺死了世界上唯一想要親吻我的！」我仔細聽了，聽清楚了，你說的根本不是什麼蚊子。

如果有一個洞

如果有一個洞
可以躲進雨

如果有一滴淚
折射出千百顆傷心

如果耗盡盛夏全部雷電
與那些吶喊再次相遇

如果有一束微光
帶回一位遺忘多年的人

如果那個最初戳了我的人
自己原來也有一個洞
如果有一個洞
可以躲進雨

偽文青

他們總說你我漠不關心
但你關心台拉維夫街頭身懷自殺炸彈的一個癡情的巴勒斯坦同性戀
我關心香港黑幫的民主選舉，曼谷空保特瓶堆起來的大雪山
你關心罹癌的壯漢死前如何於養豬農場找到幸福
我關心十八世紀畫家華鐸與歐本諾根本是同一人？
你關心所有被不明怪物入侵的城市
我關心七十歲寡婦的歌劇院生涯規劃
你關心戴面具的革命烈士與他引爆的新世界
我同時關心巴黎歌后與德意志強暴犯

你關心美國二十世紀初開挖石油的父親與大戰時游泳救人的日本母親
我關心能預知犯罪事件的少女，你關心在射殺遊戲中倖存的男孩
我關心狐妖的真愛，關心迷霧中的觸手，關心綠色的巨人
何必害羞呢
我還關心你自己。

大糞

長長一生中
總有幾次不堪回首
在拉下褲頭
雙腿開開背後
表情生動
正好撞見
持續堆疊簇擁
黑暗內心
深裹且多形的夢
即使不斷
按下開關
仍必須前仆後繼

沾黏上去，噴湧出來
魂飛魄散前
這樣猛烈的情感
絕非就此一去不返
彼此支持著，掩護著，激勵著
輝煌而鬆軟
如塔高聳似沼蔓延
漸漸昇華
為一股沉默而永恆的哀怨
團團圍住了整個地表的山川壯麗
於最美好燦爛的時刻
撲鼻而來
任何人都不得不由衷發出驚嘆：
「SHIT！」

短詩準備

1

青春啊

2

一念之尖
把整個宇宙戳破

3

所有的猛男都會過時
只有我對你的凶猛永遠長久

4

管他啞鈴舉或不舉
讓我們砍掉重戀啦

5

是我的呼痛
使你成為偉大的拳擊手

6

黃昏果醬似的晚雲
世界像一塊吐司

7

就是知道
詩神來了

你有種

我們好久的戀情
不知是否已觸怒死神
你有種灰
熊的感覺
隨時會去冬眠

伸出手臂將深夜的夢抱住
刮完鬍子淚流滿面
召喚那些不該飛走的小星
你有種很
鳥的感覺

叫那些偷菜的都放棄吧
讓那些花火都停止吧
你有種硬
碟的感覺
保存遠方思念
磨損自己

此刻
我最可以想到的是（通緝犯）
我最料想不到的是（大雄）
而你有種含羞
草的感覺

此刻
在浴缸裡勞動，翻滾

無數吻過的人們
也一起坐進來了
我全部的愛是（鵜）
我最初的純真是（鯨）
你卻有種馬
桶的感覺

尊敬夜晚

1（尊敬夜晚）

可以做所有的事
也可僅做一件事

2（在鏡前）

過去怎樣與那頭小鹿對望的下午
明日就長出怎樣的清晨之犄角吧

3（黃色內褲）

月光洶湧
夜色無邊
今晚的內褲
是一台
呼之欲出的
黃色潛水艇
戀人們
都難以抵禦它的輝煌

4（致那顆蛤蜊）

真是邪門啊
今夜你不肯為我開啟

5（空晚）

這空晚
並不是真的空
一滴滴的時間
像是湯匙，舀著你
不可以忘記我

6（害羞）

像是拉霸遊戲一般
同時間
你拉下了你的
我拉下了我的
這是多麼美好的事情啊

7（珍珠）

真有你的，如此之緊
我本是一顆好粗的沙粒
你硬是把我擁抱著
化為珍珠

8（假裝）

知道你看見了我的淚水
但你假裝沒有，維持禮貌
彷彿讀我的詩

9（怪物）

我們都想寫出挽留眾人的詩
卻只能
以怪物的形象

10（致酷暑）

偶然共用的同一根吸管是最神祕的航道

11（毛茸茸的睡意）

那些看不見的野獸
紛紛趴在結實的胸膛上
凶猛的生活，吼吼
就要安歇

12（反光）

像是烏鴉
喜歡會反光的東西
而我喜歡你
你也會反光
使我不再像是一隻烏鴉

13（某些情感）

A

漸漸明白了
誰是更強大的震央
誰只是比較會晃

B

經歷了漫長的親吻之後
才發現原來
這只是一個普通的夜晚

14（所謂天涯）

所謂天涯何處
就是釣不到魚蝦還硬凹的地方了
所謂海枯石爛
就是發不動機車還硬踩的人生吧

15（立冬）

開始飄雨了
是誰在立冬呢
霧濛濛的想像
各地有不同溼溼冷冷的解讀
是你原諒了我
還是我原諒了你？
你已經不在我的懷裡

16（酩酊）

這就是所謂濃度吧
一夜未睡的跌跌撞撞中
沿路女孩們彷彿正兜售著星星

17（某些力量）

我總是懷著歉意
寫詩，只是
一再地，寫詩
並不需要
那些力量

18（純潔的早晨）

純潔的早晨
沒有留下任何遺書
窗外雨水也感到不幸地
凋落著
默哀者在那寒意之間
仍不斷擺上鮮花——
這夏日彷彿將要傾塌

19（惡雨）

惡雨滂沱中……
一旦我相信自己
外面的雨痕也隨之癒合了

用若有所失的溫泉語氣

巨大的星空不忍
紛紛閉上眼睛

油膩膩的肚皮來了
毛茸茸的心事走了
聽水聲一桶接一桶
不免洗到一堆不想要的：
「我幾歲了？」
「我要奔流到哪裡去？」

殃及路邊無辜花樹為此
凝結淚滴……總這樣若有
似無一陣冷風——到底是誰
在水底偷上廁所？
誰又佔著岩縫
摳腳趾頭？

喝乾啦～～喝乾啦～～
那些冒著熱汗的意志
遮羞的浴巾
沿著纏綿的幻想軸
一再被扭緊
僅此一夜的好夢中
泡遍各種形狀的身體

看我不斷為人蒸騰
為誰湧動
卻換得一身黏稠、怪味
且終要感傷地
消散殆盡……

未成年的

那些趕緊把褲子拉鍊拉好的約會
那些內心掩埋了一世紀的保險套
那些很想吞象的蛇，不知如何分辨的狐狸與玫瑰
那些被誤以為是無憂無慮的
日復一日的吃飽睡睡飽吃
那些莫名斷訊的早安，永遠生鏽的黃昏
那些靠在一起靜電般
（我們自己也懷疑的）

所謂純純的愛與信念
燈泡微弱地亮著
那樣的詩
寫完了
也就只好成年了

戀情首映那一夜
星星暴亂成億萬翻轉不休的骰子
驚動所有神祇賭注我愛你的流向

……

我對你的愛能超然獨立嗎？
已經無所謂了
你的名字就是整座島嶼的總稱

高中男生練習曲

1

多年前口琴團練的放學後
想到校牆外那個辛苦的黑輪伯可能已經很幸福了

荷花池裡陽光翻來覆去

一群奇怪的學長學弟擠在狹小的社辦裡
一口一口齊心協力把時間吹遠

小小的甬道偶爾傳來口水滴落譜架的輕響

幹！離開校門口時黃昏總是那付德性

就，過去了過去了
那些過站不停的公車司機
咒罵聲一天天無力的歲月

2

就是那種日子嘛
考試前，發現老是讀不完的第一頁竟然不考
常常幻想走到一半會有一堆隔壁校的女生跑來找你簽名
到溜冰場撞球間躲避從天而降的無聊
趴在欄杆上看風景
無端成為被阿魯巴的對象
閒晃到色情網站
悲哀地發現
愛情和小弟弟
的確存在著距離

嘛。

什麼樣的女孩喔

那個時候我功課爛得不得了所以總是輸給他
輸給他的還有青春的形狀和愛情的模樣
什麼樣的時代喔什麼樣的女孩
女孩喔總得有男人去追追
我在夏天全身燒起來的夜裡開始幻想他是一鍋冰仙草
仙草冰喔來買仙草冰喔校慶園遊會我們一起這樣向人群大喊
同學們當著我們的面竊竊私語他不好意思的樣子真有意思
啊他不是電影明星那種美我早知道
只是顛倒眾生天天跟著他入戲
每個清晨我揮別夢裡他的光亮和飛翔
每個深夜我一邊打電話一邊聆聽他潮浪般的呼吸我粉身碎骨的感覺
啊夏天雷聲飛過頭頂是他冬天風雪灌進胸膛也是他

啊啊
終於我穿著西裝去他家他說不行耶明天有月考對喔明天
我衝回家翻開攤在層層寫給他不敢寄出的信件下不省人事的教科書
他要我考贏他
贏他喔我從來不敢想但為了他的幸福我不會投降
趴在考卷上滴著口水我夢見贏他時全世界的煙火狂歡一整天
考完的晚上和他一起坐在 PUB「不三不四的歌」裡喔他蹙眉說
於是我也這麼想喔我說
他說他害了我我用吃奶的力量搖搖頭
他也搖搖頭

那時候我的功課好得不得了
但他已轉到很遠的地方去了
什麼樣的時代喔什麼樣的女孩
我總是輸給他
我把一輩子都輸給他

徵友

我二十四歲。
趨近於楊喚詩裡白色小馬的年齡
未曾有過曠野一般的順風時刻
沒有陽光的字跡，潮濕而多霉菌
缺乏修改的血型
屬於曆書上未被拆封的星座
無信仰，眼睛有神
鏡子裡是最陡峭的胸膛，標示著
無數重點的夢
腳毛過長在西北雨的台北街頭
潦草的臉廓在失去候鳥的黃昏
充滿神諭地嚮往水流，以及

溜冰場的雪祭
曾經在一首詩中遺失了性別
初吻獻給一顆沒有方位的星星
實歲二，虛歲一百二十
寂寞的年輪運轉不休
多年來，原是走錯了星球
今在此沿海岸線徵友
你鋒芒而來
我將粉身而去。

族人

無法辨識的族人啊
喉結碩大飽滿
春日的筋骨已經鍛鍊完成
我們齊聚在雲頂
狩獵的箭矢咻咻而飛
為誰閃耀金光

在父親和父親的花園
攀過流血的石牆
無夢的大軍在街頭
挺立風雨中的骨架
揮舞內心深處

鋼鐵的彩虹旗
青筋暴起的汗衫
時速 120 公里的眼神正交換
赤身露體的夢裡
誰來抱走二十歲的身體

迴旋的晨光，榮耀之鳥
世界上無可匹敵的
我們相擁之處
千萬根陽光的汗毛
這次要登陸
哪一塊古銅色海島？
胯下深不可觸的海流
整個文明輝煌之所在

讓我們暴動地吻著吧

就在那更深
更遠的地方
因為愛過了
留下純白色的小浪

這封信請轉交妖怪

早晨收到三封信
有人送我雙鯉魚
有人向我下戰帖
呸呸
有人
居然寫了祭文

我的朋友啊，這一別
一點也不好玩
那易水深處猶有未能釋懷的冰寒

落英繽紛夾岸三千尺
頂不住我
一顆熱血男子的眼淚

你說，我怎麼敢讓你回去呢
你這會到處做暗號的劉子驥

你說，垂死夢中
千軍萬馬驚坐起
我怎麼防止你再想我

來吧，時間起了大霧
伸手不見
二頭肌
下盤棋

楚河漢界就要過去

我們的將帥啊
我們無限憾恨
血肉之慾
斧頭，槍桿
加農砲
百年之後
又是幾條好漢

割頭
賠詩
坐在神的面前
訂條款

讓我們嘿咻嘿咻
繼續前進
繼續朽爛

這天海浪

落葉與帆船鞋並置
手機掉入雨中
發出蛙鳴

嘿，我的鳥
你知道自己的翼展要多少
才能飛嗎？

你知道
歌聲要在喉結的第幾小塊軟骨
突然轉音
才會現出妖怪的原形嗎？

房屋裡有窒息的植物
乖狗狗的魂魄回來過
咖啡杯裡
沼澤十分陰森

……

城市的能見度那麼低
我討厭有人還是可以
憑著寂寞
把我認出來

那人

照片裡的那人
我就這麼靜靜看你
看你不睜眼
看你永遠不睜眼
卻看透了我

這裡的海浪你都聆聽過了
這裡的天空你都飛過了
然而真正愛了你的那人
是否可能比我
更喜歡你呢

如果有時我重又致電給你
同命的那人啊
並非為了找回昔日
一方草地，一首歌的名字
一片初遇時的刺青……
只是突然覺得自己
又堪用了

所以，捷運上的那人，書頁間的那人
電視裡的，夢中的那人
是你正對著
鑿開了我的顱頂

任憑落花下雨
誰說流星飛碟必須抵擋
反正下一站
我們永遠不再相見了

慾望

夢中有人咬掉枯枝上的藍蘋果
早晨從那個傷口瀰漫出來了
你像一陣霧坐在床沿
往窗邊靠去
那個年輕人裸著上身
像一個流著岩漿的火山口
正覆滅這個城市

分類之物

夜晚簡單地分為有做過和沒有做過兩類
早晨分成拉出了什麼呀和什麼都拉不出來兩類

笑聲分為猥瑣的和不猥瑣的兩類
憂鬱分為有癒合過和沒有癒合過兩類

美麗分為有效和沒有效兩類
醜陋分為是可忍和孰不可忍兩類

北極熊分為很會滑雪和不會滑雪兩類
擁抱分為燙傷和凍傷兩類

詩人分為有愛過和沒愛過兩類
愛人分為寫詩和不寫詩兩類

年少分為被阿過和沒有被阿過兩類
人生分為有爆炸過和沒有爆炸過兩類

死分為有罪和沒有罪兩類
有時候又僅僅是爽和不爽兩類

幻覺的行列

深夜了
我與我巨大的睏在寧靜的黑草原上
並肩步行
那是一日中最好的時光
我的睏得到牠的睡眠
我得到我的夢境

突有深夜的訪客前來
我的靈魂衣衫不整
朦朧中與之對望一眼
互相穿透了心事
質問我：

「就這樣一覺睡過了大半輩子嗎
就這樣僥倖了嗎？」

我知道他們的意思
但我真的太累
啊，可不可以唱詩給天頂的月娘
就是此生要奔赴的前程
可不可以救治失足墜落的星光
就是唯一要肩負的責任

請讓我加入那幻覺的行列吧
請讓我加入那用夢勞動的工作隊

將軍密令

收到你覆雪的信
凍傷的軍印旁
掉落一截殘梅
整個冬寒隆隆又撤回這木屋
燒紅的字句煙霧迂迴
傳來你北方的密令：
夫人，
這外頭的春暖花開
全然是敵方一椿難抵的
詭計

在每個出口等待

花市的花開了，夜市的夜亮了
終點到了就繼續坐下去
路上總有人盯著我們
使我們想去盯著誰
露天咖啡座裡的戀人
與紅磚道上的我們多麼接近
也許再一個轉彎
就能變成他們，是不是
以為那不是我們的公車
錯過後又一同急起直追
你想，在西區買的孔雀魚會愛上
東區的琵琶鼠嗎

深不見底的電影院
唯座位相鄰的兩顆心，大放光明
哪一天陷入同一場颱風裡
破裂的水管會獲救，路上的坑洞會填平
哪一天於無盡的遊行隊伍中
有人將同時轉頭，相擁，傾聽
然後永遠離開這裡

最後一個特寫，一位英雄渾身是血
眾人發出噓聲
輕易將革命終結

（烏鴉們都叫了
救命啊救命啊，啊！啊！啊！
救命啊救命啊，啊！啊！啊！）

所有的離去都適合寫詩
和你道別
像是在雪地上
留下彈孔

常客

——"There was a silence in the house."

就記憶所及的極限
脫離了宇宙背景
高樓之間
思緒宛若傷鳥
自層層的煙霧歸來
降落於此窄仄的座位
一日最後之光
使城市移動，預言執行
世界是一根神祕的直笛
孔竅是我的心

（沒有比那更黑的黑洞了）
當著你的面說不出的
我將背著你說

如一陣輕煙
試圖從另一陣輕煙中緩緩飛升
翻轉灰濛濛的大象
波浪全都沒有出現的夏日
吹倒一切吹不倒的最堅強
今夜的雨是為此掉下的……

滴滴答答
什麼在倒數計時
孤獨迫近
時間溢出身體

沒有汗水，沒有肌肉
（茫然的救護車不知救誰）
一日最後之光
噓，那會是一只利箭嗎？
當著你的面說不出的
我將背著你說

最好是

最好是戰爭
已經來臨
末日
已經結束
最好宇宙是
天使們
光杯交錯的一瞬間

最好是憂鬱
可以成仙
山霧的沮喪與神木的孤獨
也能和諧

最好是捧著松果
一不小心
把自己變成了松鼠

最好是
電梯慢下來冰箱通通打開
閃光耗盡
熄火於城市正中央
惡魔黨
請求鐵金剛
補給一個擁抱
……

最好是愛
皆已成了妖怪
神仍要求含羞草貞潔
要求我們忍耐

賽鴿

廣場消失說話小聲
前面是冰河期
後面也是冰河期
廢棄冬日裡你
依然懷抱著舊情感
經過風
棲息過森林
陽光和雨，不能妥協之處
非常感傷
美好的星期日下午
突然失去方向
唯一的鴿腳封環編號

盤旋於空寂海面
越來越優秀的種族
卻越來越飢餓
渾身發燙顫抖
撐住自己
對此世界露出真摯底眼神
那是生物學家
不會注意到的事
像我們的詩

劫後

穿越那些爛泥前來尋你
黃昏衰弱於滯塞的家園之上
靈魂戰慄的時刻，如你所知
我又發燒了
咳嗽著撞見人們總是巧遇的政客
依然渾身彩裝瘋狂如昔
而我們的堤防早已塌毀多時

我望著頭頂一顆渺茫的星
陰暗的洪流無止無盡
那些精神的聖殿與不腐神祇
終究都是騙人的

想起如何抵擋著死亡的土石流
為求在詩中奮勇存活
然而都淹沒了，我們的愛都淹沒了
我們的恨也……
只遺下全世界
無法清理的爛泥

走吧走吧，凝視這暴雨山崩
那燃燒過的，變成灰燼的眼神
何嘗不想再為你偷渡一瓶美酒
胡亂說些舊時光？
但走吧走吧，不要再感冒了
再多淚水
也都要變成爛泥

末期病人

今天神來看我
我感覺有點痛

陽光穿越窗玻璃
千萬隻手臂，用力抱我
我知道我不應該掃興

昨夜又去爬那些石階
我的腳又可以走了
雖然那人
始終沒有再夢見

手臂上千萬個孔
「已經找不到一條完整的靜脈
可以打針了」護士小姐
有些歉意地說
我還是一樣溫馴

床邊那些
「請安心養病」、「早日康復」的花籃
因為撐得太久
枯黃且醜
我翻過身去
霧茫茫的黑暗中
已經備好了船

到了那個遙遠的城市
也許終於能夠痊癒吧
我答應他們：
「一定早去早回。」

黑暗的格局

所有的瞳孔都隱板了
所有的人頭也離線了
健身房的腳踏車上
誰還在環島？
唉唉，黑暗的格局
使所有的星星都相似
那些孤獨與寂寞
蹲坐角落
感受豪雨深邃的毛髮
窗外神色淒涼

於三溫暖與游泳池之間
四處遊蕩
始終
無法變回天使

在那種很晴朗的天氣裡

如果在我們面前展開的
是夏天
因為是夏天
紅色鼓脹得像拳頭
綠色抽長得像性慾

如果在我們面前展開的
是夢想
因為是夢想
所以發散同一種臭汗
悠哉趴在欄杆上

如果在我們面前展開的
是黏蠅紙
那遼闊的迷幻的
令人此起彼落、劈劈啪啪心動
不顧一切俯衝的……
啊，竟是黏蠅紙

暗擁

穿越諒解與無知的沙灘
那些曖昧的
海龜與招潮蟹
今夜晚莫測甚深

在只能攜帶三樣東西的荒島上
撐起星空或壓沉斷木
最後用全部的夢交換一個勇士
什麼願望
都可以是純潔的

因為秋深了
誤會也深了
苔蘚滿佈的鯨魚冰涼反照的月光
燦爛的汗滴觸電過的短髭
無法改變任何事情

小豪雨

巨圓透明的音符
光與美的重擊，某種抵抗
我們都在一段關係裡面
交通輻輳，神靈匯聚
對自己的螢幕
輕輕一觸
（突然的瞭解，令人好想死）
衛生紙用完了
電腦中毒了
要拿自己一場又一場小豪雨
怎麼辦啊

髮鬚仍斷斷續續，連線著
不知道如何表達
那把傘
獨獨為你勃起的時刻——
我跟整個世界清清白白
事情不是他們想的那樣

晚風

一個逐漸消失於黃昏的下午
我目睹父親在牆角喃喃自語：
「這美妙善良的晚風
是世界唯一願意
親近我
且毫不介意我的抽菸……」

致純淨心靈的永恆陽光（Eternal Sunshine of the Spotless Mind）

你讓這人伸懶腰　使那些人繞過死角
讓單車上的愛情鼓起勇氣放開雙手
令整座幽谷忍不住跟著吶喊
你現身在所有集會遊行中
守候於所有的病床前
輝煌了晨霧裡的數滴露水
也閃耀了全部的黃昏眼神
你讓今天又是一個好日子
慷慨給這世界所有人又一機會
可以原諒了自己再一次

初秋的重量

吃東西之前
我們輪流去站在
磅秤上
深情款款看著
有時看一個下午
像一堆落葉泥沙鳥獸
相擁於時間之流正中央那樣
這秋天是剛剛滿溢出來的透明
無糖，無熱量

萬物鬆動
漂浮……此時節
我們便獲得
純粹詩意的重量

勞動者

世界就要消失的黃昏
是你站在陽台上
這個時代以為你
是有翅的
你，然而你在幽幽不易察覺的最深處
泉湧不息的汗水
雲是優雅而微風珍貴
你你你，在鄙俗而貧窮的最暗處
細數今日的收藏
小心不發出一點聲響
以及光

浴室以及胸懷

肥皂以及倦怠
把自己鬆開
回到一道瀑布，一缸湖泊，一盆海

蓮蓬頭下
從小到大
流水發明種種
冒險
每天有每日的漂流木

大魚來的季候
所有的夢都撒了出去

波濤隆隆中
想要的歌聲左閃右躲
每日有每天的珊瑚礁區

人強了，浪壯了
努力寫詩
使海面平靜
當惡意如同一個魚標
浮了上來
每天有每日的隨意吞食

瓦斯桶和熱水器
慢慢蒸餾出來的
意識和身體
始終無法飛渡的鏡面

用力揣想更遠的地帶
每日有每天的打撈和沉淪

感受光陰以及乾毛巾
把自己收集
重回一窪雨池，一口泉湧，一涓滴

診間

一直被我們喜歡上的晨光
每天仍急著離去
純白色診間永存著
病歷安靜羅列著
你剛剛本來要說出來的隱私
現在又說不是這個
真的不是這個嗎？
我們的聊天也是長詩
縱使失業，殘病，流浪街頭
也可以為你怦然心動
縱使老去，大象也可以
為你在霧靄中漂浮

多希望
那些時光的子彈全都被我一人阻擋
互相追逐的花豹
消失在自己的斑點之中
我們的聊天也是長詩
拿下面具
卻發現已不是自己
吞入的劍，繚繞的蛇
就這麼停頓著，遲疑著，困惑著
在遙遠而神祕的網站
足以使世界毀滅
演好惡魔
總是太突然
從沒發現是這樣疲累
獨角驟然傾斜

銀河已這樣遠了
明明聽見硬碟轉動
風雪突然靜寂
不知道誰是醫生誰是病患
當傷口
融合在一起
寂寞的利刃就消失了
金色盔甲，漆黑斗篷
液晶電視，藍光燒錄器
縱使溫暖與美好的皆盡當機
幸福是這樣突然的
一陣散步，沒有流血沒有戰爭
縱使花園已經頹圮
我們的詩仍持續交談
一直被捍衛著的暮色

每天仍慢慢消散
病歷安靜羅列著
純白色診間永存著
一首好長好長的詩——
重點卻全然可以不是這個。

犄角
walk 007

作　　者｜鯨向海
責任編輯｜林盈志
封面設計｜蔡南昇
內頁設計｜安傑樓

出 版 者｜大塊文化出版股份有限公司
台北市 105022 南京東路四段 25 號 11 樓
www.locuspublishing.com
電子信箱｜locus@locuspublishing.com
服務專線｜0800 006 689
電　　話｜（02）8712 3898
傳　　真｜（02）8712 3897
郵撥帳號｜1895 5675
戶　　名｜大塊文化出版股份有限公司
法律顧問｜董安丹律師、顧慕堯律師

總 經 銷｜大和書報圖書股份有限公司
新北市新莊區五工五路 2 號
電　　話｜（02）8990 2588

初版一刷｜2012 年 7 月
初版五刷｜2021 年 7 月
定　　價｜280 元
I S B N｜978 986 213 343 9

國家圖書館出版品預行編目（CIP）資料

犄角 / 鯨向海作 . -- 初版 . -- 臺北市：大塊文化，2012.07
面；　公分 . --（walk；7）
ISBN 978-986-213-343-9（平裝）

851.486　　　　101009905

LOCUS

LOCUS

LOCUS

LOCUS